Flores de alvenaria

SÉRGIO VAZ
Flores de alvenaria

Apresentação — Chico César

© Sérgio Vaz, 2015

1ª Edição, Global Editora, São Paulo 2016
2ª Edição, Global Editora, São Paulo 2021
2ª Reimpressão, 2023

Jefferson L. Alves – diretor editorial
Gustavo Henrique Tuna – gerente editorial
Flávio Samuel – gerente de produção
Juliana Campoi – coordenadora editorial
Thalita Pieroni – revisão
Mauricio Negro – capa
Ana Claudia Limoli – projeto gráfico

Dados Internacionais de Catalogação na Publicação (CIP)
(Câmara Brasileira do Livro, SP, Brasil)

Vaz, Sérgio
 Flores de alvenaria / Sérgio Vaz ; apresentação de Chico César. –
2. ed. – São Paulo : Global Editora, 2021.

 ISBN 978-65-5612-068-3

 1. Poesia brasileira I. César, Chico. II. Título.

20-53777 CDD-B869.1

Índices para catálogo sistemático:
1. Poesia : Literatura brasileira   B869.1

Maria Alice Ferreira - Bibliotecária - CRB-8/7964

Obra atualizada conforme o
NOVO ACORDO ORTOGRÁFICO DA LÍNGUA PORTUGUESA

Global Editora e Distribuidora Ltda.
Rua Pirapitingui, 111 – Liberdade
CEP 01508-020 – São Paulo – SP
Tel.: (11) 3277-7999
e-mail: global@globaleditora.com.br

 globaleditora.com.br   @globaleditora
 /globaleditora   @globaleditora
 /globaleditora   /globaleditora
 blog.grupoeditorialglobal.com.br

Direitos reservados.
Colabore com a produção científica e cultural.
Proibida a reprodução total ou parcial desta
obra sem a autorização do editor.

Nº de Catálogo: **3837**

*Minha poesia vem das ruas
que os anjos não costumam frequentar.*

Sérgio Vaz

Sumário

Poeta das ruas de flores e espinhos — *Chico César*   9

Flores de alvenaria   11

Naquele tempo que era bom   15

Primavera Periférica   19

Canto das negras lágrimas   27

Oração de um vira-lata   37

Ser feliz   41

Sinfonia para surdos   49

50 tons de sangue   57

Bar adentro   65

Antes que seja tarde   71

Amar dói amar   77

Ideologia   85

Luva de pelica   89

Evolução das espécies 101

Fábrica dos sonhos 105

Miniconto 109

O amor de todo dia 111
Orgulho mata 113
Temporal 119
Teoria da evolução 121
Alegria artificial 125
Monalisa de fogo 133
Magia negra 139
Medo do escuro 143
A vida é loka 149
Homem não chora 153
Amor com fim 157
Depois de nós 159
Caminhos 163
Maria fodida 165
Simplicidade 167
Somos nós 169
Família vende tudo 173
Ilusão 181
Na Fundação Casa... 185
Coração aberto 189
Eram os poetas astronautas? 195
Enquadro poético 199
Sobre dezembros e janeiros 205
Oficina de poesia I 209
Lugar de criança é presa na escola 215
Sem palavras 217
Chão de estrelas 221
A liberdade custa caro 227
Ilusões perdidas 239
Fé 253

Poeta das ruas de flores e espinhos

Das delicadezas que a vida própria cria, contra a morte torrencial e mal-acostumada, voraz nos territórios desvalidos, nos chegam estes versos como se viessem montados na garupa de um *motoboy* que cospe flores incendiárias plantadas nos aquéns dos suburburinhos. É a fala de quem não aceita ser deletado pela bala do verniz corretor da rota academicista e sua frota de carros importados, estacionados dormentes no pátio das universidades públicas em privadas tornadas. É Sérgio Vaz porta-voz de reencantamentos e cultivos intangíveis de lugares desejantes de se afirmar não mais ou apenas pela mão de obra, mas pela obra em si, de operários em desconstrução a operar a reengenharia de reconhecer-se gente e fazer-se, assim, poeta. Criaram até uma associação de demoradores, a Cooperifa. E aí se demoram, delongam, evanescem e ressurgem em litúrgicos rituais coletivos em que trocam entre si a exposição de seus poemas.

E não é fato isolado na cidade madrasta. Do picho-esfínge "Juneca Pessoinha", dos anos 1980, nas paredes inumanas e hostis do Largo Treze ao Anhangabaú, passando pelas avenidas Santo Amaro, São Gabriel e Nove de Julho, aos saraus do Binho e da própria Cooperifa, os sambas da vela iluminando o que resta da garoa, o Teatro Clareô boiando nas enchentes do Campo Limpo, a autoafirmação do *hip-hop* na ZS, na ZL, na ZN e mesmo na gozolândia-madalênica da ZO, tem sido potente a presença da chamada "periferia" na disputa pela cidade, inclusive em seus aspectos simbólicos. Como se dissesse: agora e cada vez mais tudo é centro.

Em *Flores de alvenaria*, Sérgio Vaz nos banqueteia (e às vezes nos esbofeteia) com uma saraivada dos poemas e textos que costuma declamar nos saraus da Cooperifa e nos lugares aonde vai. E mesmo outros como os que vez por outra publica em revistas por aí, aqui, acolá, alhures. Variam formas e temas. Mudam a tessitura e o timbre. Pode ser poesia ou prosa. O homem e o poeta são o mesmo, um só. Romântico, mordaz, perplexo, inquieto. E assertivo, sem a lenga-lenga de talvezes: "Enquanto o futuro não se decide, o agora me parece uma boa opção". Segue a melhor tradição do faça-você-mesmo dos punks, da geração mimeógrafo. Só que não no Parque Lage carioca, mas na laje de algum bairro afastado com o nome de "Jardim" ou "Parque" da capital paulistana. Sérgio nos dá algumas pistas de seu DNA: "Minha poesia vem das ruas que os anjos não costumam frequentar". Mas é melhor lê-lo, relê-lo, em voz alta e baixinho, e ficar atento às pistas que ele também não dá.

Chico César
(Cantor e compositor)

Flores de alvenaria

Dá-me tua mão, amor
a madrugada tem olhos que machucam
e as ruas estão cobertas de pequenas estrelas
anunciando que o passado sombrio
caminha contra a liberdade do futuro.

A neblina tem olhos que delatam
e noites sem pão nem flores
querem de novo sentar à nossa mesa
já tão farta de antigas dores.

Corpos negros sangram nas calçadas
e enquanto o asfalto trama o fim da paz,
o sangue dos famintos escorre surdo
no rap triste e nas filas dos hospitais.

No calendário os dias marcham com velhas botinas
é inverno em plena primavera, e o outono não tem fim

deixando marcas profundas em nossos corações
que sonharam ser orquídea com a mesma força do capim.

Não te larga de mim, amor
entre cegos e tiranos modernos,
entre rosas e espinhos
de mãos dadas tenho força para caminhar.

O vento sopra os fantasmas para as praças
o ódio com gás é servido nas mesas dos bares
os lobos clamam a carne da desgraça,
e sorrir já não é permitido em nossos lares.

Chama teu amigo, amor
a irmã do teu irmão
a amiga do teu amigo
dos prédios altos às flores de alvenaria
chama todo mundo
seja lá quem for.

Eles não sabem que de tanto sangrar
nessa pele dura de mãos calejadas
escorre vinho em nossas veias
e se servem na taça que a vida está por um triz.
Cantemos em nossa festa:
bora lutar,
bora ser feliz.

Enquanto o futuro não se decide,
o agora me parece uma boa opção.

Naquele tempo que era bom

Muitas vezes, quando estamos numa roda de conversa, principalmente se as pessoas tiverem mais de 30 anos, pinta um "naquele tempo que era bom". É.

É um tal de era bom isso, era bom aquilo, que até parece papo de quem ficou em coma durante vinte anos. Sabe aquele filme *Adeus, Lenin!*? É isso.

Não concordo, bom é o agora.

Pode até ser que uma coisa aqui ou outra ali sim, mas naquele tempo não era bom, nem pra mim nem pros que moravam na zona sul. Aliás, na periferia, os anos 1970 e 1980 foram uns dos piores de nossas vidas.

Pra começar, vivíamos numa ditadura militar e sequer sabíamos disso, tamanho nível de desinformação. Mal sabíamos que éramos brasileiros.

A água era de poço e a maioria das brigas entre irmãos era pra ver quem pilotava o Sarilho. Os menos pobres tinham bomba de água Rymel, que levava o líquido suspeito até a caixa. Faltava energia elétrica quase todo dia.

As ruas não tinham asfalto, e, por consequência, não passava caminhão de lixo nem caminhão de gás.

Quando chovia, os trabalhadores levavam os sapatos embrulhados num saco, desciam as ladeiras descalços, e, quando chegavam no Piraporinha (bairro central da região) pra pegar o ônibus, lavavam os pés e colocavam os sapatos pra não chegar envergonhados na empresa com o pisante sujo de lama. Tinha garoto que ganhava gorjeta lavando os pés das pessoas.

Na escola, éramos obrigados a cantar o hino às segundas e sextas-feiras, antes do início das aulas. Pátria amada idolatrada, sei.

E escola só tinha até a 8ª série; o colegial, só em Santo Amaro, e ainda tinha que passar por um vestibulinho.

Naquele tempo, curso superior era o Senai, que era mais disputado que uma vaga na USP. Ser ferramenteiro ou torneiro mecânico equivalia a ser médico, e sem desprezo a qualquer uma das três profissões.

Quando a gente ia ao centro, dizia que ia na cidade, de tão longe.

Sobre a violência, podia passar dias falando, sobre amigos mortos então...

Teve um final de semana nos anos 1980 que na Grande São Paulo morreram 52 pessoas de morte matada, como se dizia na época. Tempo em que a zona sul ganhou o apelido carinhoso de "Vietnã do Brasil".

Os temidos pés de pato imperavam nos bairros aterrorizando comunidades inteiras com chacinas que mancharam de sangue a história da periferia paulistana. Um delírio para o finado jornal *Notícias Populares*.

Muitos jovens e amigos estão enterrados no cemitério do Jardim São Luís, que deve ter a maior quantidade de chumbo debaixo da terra deste país. Parece papo de fantasma, mas sabia que naquele tempo bandidos assaltavam velórios? É pra se assustar mesmo.

Só o transporte continua igual como era antigamente, ou talvez até pior.

Quem tinha bicicleta, os afortunados, emprestavam-na para o bairro inteiro, e já passamos várias vezes sem jogar futebol porque simplesmente ninguém tinha uma bola pra jogar. Uma mísera bola.

Se uma menina fosse pega fazendo "bobagem" com um cara, ficava marcada como galinha, e se não desse pra quem descobrisse, ele contava pra todo mundo, se ficasse grávida então...

Na TV, as mesmas porcarias que tem hoje também tinha antigamente, só que naquele tempo era à válvula, e preta e branca. Sabe qual a diferença? Além de demorar pra ligar, se a gente assistisse o dia inteiro, quando o pai chegava do trabalho, colocava a mão na TV, e se tivesse quente... A gente apanhava em 3D.

Sim, sei que tinha as brincadeiras de rua, bolinha de gude, beijo, abraço e aperto de mão, mas não eram tempos incríveis. Eram dias difíceis.

Sei que o vinil era da hora, mas ter todas as músicas que você gosta — e não são poucas — dentro de um *pen drive*, ter seu próprio telefone dentro do bolso em vez de ficar numa fila de um orelhão com a mão cheia de fichas pra falar com alguém... Parece até que a gente veio do passado para o futuro.

Quer saber mesmo o que era bom naquele tempo?

É que a gente era criança, e quando se é criança "aquele tempo era bom" em qualquer lugar.

Quando digo isso não estou falando pra apagar o passado ou escrever o futuro, estou pedindo pra viver o presente.

A melhor época é aquela que se vive intensamente.

Primavera Periférica

Já tem algum tempo que venho batendo nessa tecla, que estamos vivendo, culturalmente falando, a nossa Primavera Periférica.

Já estava mais do que na hora dessa gente mais do que bronzeada mostrar o seu valor. E quem tem valor não tem preço.

Só quem não anda e não vive pelas quebradas de São Paulo, ou ainda torce o nariz, não sabe do que estou falando. Uma evolução aos gritos ocorre em silêncio e somente ouvidos atentos podem escutar.

A periferia de São Paulo vive hoje a mesma efervescência cultural que a classe média viveu nos anos 1960 e 1970, considerando o auge da criatividade e do engajamento artístico.

Um exemplo é o rap, que é pra nós o que a MPB representava para os jovens na ditadura em que o Brasil esteve mergulhado. O grafite, as nossas artes plásticas. E por aí vai.

Desde quando o *hip-hop* surgiu, em meados dos anos 1980, sacudindo os becos e as vielas, dando voz aos excluídos e despertando os adormecidos, as ruas nunca mais foram as mesmas.

As ruas, que estavam mortas, foram ressuscitadas e a literatura deu-lhes uma nova alma, transformando também as pessoas.

Ainda falta muito cimento em barraco de madeira e ainda falta muita terra pra combater o cimento no coração dos poderosos, e é disso que nossa arte fala: dessa coisa do branco no preto sem o preto no branco. Captou, capitão?

Quem poderia imaginar que, um dia, um sarau de poesia — entre mais de cinquenta que acontecem em Sampa —, no extremo da periferia paulista, região que já foi considerada um Vietnã, devido à violência extrema, poderia completar dez anos de atividade?

Quem poderia imaginar que a Literatura iria invadir bares e transformá-los em centros culturais, e que esses mesmos bares virariam cineclubes, espaços para teatro, debates, música, dança, lançamento de livros, CDs e demais práticas culturais e artísticas?

E o que seria mais importante, que viria do povo, para o povo, sem intervenção ou concessão de ninguém? Pois é, esse dia chegou.

Os trabalhadores estão praticando um outro tipo de esporte: a Literatura Falada. Aquela que não cabe nos livros, que não aceita enquadro da gramática, e que muitas vezes discorda da concordância. Mas e daí, concorda comigo?

A poesia está na pauta dos despautados, contrariando os despeitados.

Acho que a gente fala certo, mas algumas pessoas insistem em escutar errado, só pelo prazer de praticar um outro esporte muito comum nas rodas letradas: a falta de generosidade, de senso e de patriotismo.

Não posso entender como ainda tem pessoas que bradam retumbante que querem um país melhor, mas, ao mesmo tempo, não querem que o sol da liberdade brilhe pra todo mundo.

Fomos nós, os esquecidos, que não fugimos à luta, e durante muitos anos tememos pela nossa própria vida.

Por aqui ninguém vai pedir autorização pra ninguém pra escrever poesia, conto, romance e publicá-los, ou não, em livros que se espalham falecidos pelas paredes. É a boca suja limpando o passado, esfregando o poema na cara dos mesquinhos patriotas. Se a palavra liberta, então somos livres!

E se algumas pessoas ainda não sabem, é isso que estamos fazendo: despertando os adormecidos para que todos saibam que não há mais tempo a perder, e a felicidade, ainda que tardia, deve ser conquistada, e que ninguém mais agradeça pelas migalhas do cotidiano.

A beleza de nossas palavras que ora trilham nossas veredas brota de uma vida repleta de espinhos, mas que ninguém duvide deste perfume chamado poesia, porque é a essência da nossa revolução.

Quem nunca passou por nenhum tipo de inverno não pode entender a nossa Primavera, não pode compreender o valor que é a alegria de ver cada flor que nasce, regada com as lágrimas e o suor de um povo que "adora um Deus chamado Trabalho", neste solo duro e nada gentil chamado Brasil.

Uns esperando o mundo acabar. Outros, começar.
E eu sequer sei de que mundo sou.

Estou de dieta:
não engulo sapos nem bebo água de choro.

Canto das negras lágrimas

Afundei o navio negreiro do coração,
não me sinto escravo de nada, sei nadar,
mas ele ainda singra na memória
como o sangue derramado no mar.

Do além-mar ao sul do Gabão,
a dor que se vê na pele vai te afogar,
e ainda que falte ar à história
uma rima me faz respirar.

Poetas e marujos mergulham na solidão,
enquanto nos becos sujos — ou em porta de bar
do fundo da noite sem estrelas
o canto torto das galés vai se fazer escutar.

"Se o mar está calmo,
é claro que precisa escurecer.

E se me cai uma lágrima,
essa lástima alguém vai ter que beber."

Calar a boca branca da escuridão
com o grito retinto da voz lunar
usar uma letra faminta, como isca,
que belisca quem não sabe pescar.

Nas noites profundas da imensidão
um poema revolto agita beira-mar
um povo com os pés limpos de areia
outrora nau sem rumo, vai se encontrar.

E o canto torto das galés vai se fazer escutar:
"Se o mar está calmo,
é claro que precisa escurecer.
E se me cai uma lágrima,
essa lástima alguém vai ter que beber."

Ao amanhecer da noite, juntar as mãos
para que nenhuma fique livre para açoitar,
vamos cuspir o navio encravado na garganta
para que em negras lágrimas não se navegue mais.

O que sinto
não é felicidade,
é desprezo
pela tristeza.

Sorrir enquanto luta é uma ótima estratégia para confundir os inimigos.

O ciúme
é uma espécie de veneno
produzido pelo coração.
Quando não mata,
cega.

Por conta da timidez
aprendi a beijar com os olhos.

Oração de um vira-lata

Falando em religião, queria aproveitar pra dizer que sigo um Deus chamado Amor e é só pra ele que ajoelho, que rezo. E este Deus que habita meu coração só me ilumina quando amo outras pessoas, quando amo o que faço. E ele só se manifesta quando as mentiras que conto pra mim não afetam o coração de outras pessoas.

E que o Deus que mora em mim não deixe que eu seja escravizado, nem que escravize, porque a palavra "liberdade" está contida em todos os versículos dos meus dias. Para recitá-la em forma de poema, não de sermão de montanhas inacessíveis, mas em forma de riso, que aquece a poesia do povo que tem fé no amanhã.

O Deus todo-poderoso chamado Amor faz com que o sal de minhas lágrimas transforme-se em calos nas mãos, para que eu nunca esqueça que nada cai do céu, que minhas derrotas e vitórias também nascem dele e que o medo de lutar é um inferno com mil areias movediças em que o covarde se atola.

O Amor que está em você e em mim não sabe o que faz, por isso muitas vezes é crucificado, por isso não deve ser seguido. Quem ama erra.

Quem segue o Amor sabe que o milagre não está na vida, mas na coragem de viver.

Quem acredita no amor reencarna todos os dias no paraíso. Amém.

Muitas vezes,
quem tem a infância roubada
acaba furtando o futuro de alguém.

Ser feliz

Fique feliz
porque outras pessoas estão felizes.

Um brinde àquele seu amigo que saiu da fila
do desemprego,
ou que encontrou um novo amor.

Por soldados de uma guerra que não te afeta,
que acabam de se abraçar para selar a paz.
Pelas pessoas que você nem conhece,
mas que já não têm problemas de saúde.

Fique feliz
porque os filhos de outras pessoas estão
em escolas melhores e não mais mendigam
nos semáforos,

e uma pessoa que você nunca viu, e provavelmente
                nunca verá,
está dando seu beijo pela primeira vez.

Porque a mãe e o pai de alguém
estão chorando de felicidade vendo seu filho com o
                diploma na mão.

Sorria
porque alguém deixou de ser analfabeto.

Pela criança que começou a andar.
Por pais e avós que voltaram a ser criança.
Pelo seu amigo que agora tem mais dinheiro e não
                anda mais de ônibus, mas de bicicleta.

Porque alguém ao sul de Angola ou a leste da Tanzânia
                acaba de dizer: eu te amo.
Por todas as pessoas que saíram do aluguel e, mais
                feliz ainda,
por aqueles que conseguiram seu teto.

Alegre-se
por aqueles que também têm ceia, ou não,
mas que já não disputam migalhas nas calçadas.
E porque sabe que o Deus em quem você acredita
                não é seu *personal trainer*, e ele também
                deve atender às orações de outras pessoas.

Fique feliz
em saber que o brilho de outras pessoas
não é aquilo que te traz escuridão, mas
                a luminosidade.

Porque o outro pode simplesmente
ser você recebendo de volta
tudo aquilo de bom que você desejou aos outros.

.

Pra quem tem medo de amar
um sussurro é tempestade.

A felicidade
não faz mais do que a obrigação
em me manter alegre e satisfeito.
Ela tem dívidas comigo.

Sinfonia para surdos

Sou um poema
que o destino incumbiu de ser feliz.
Dizem que sou filho de Ogum,
guerreiro que transforma em batalhas
o silêncio de quem não diz.

Sou um poema
sem nome algum,
a espada de cortes profundos
na anca dura da solidão.

Sou a dor que causa medo no mundo,
a navalha que enferruja
as fendas escuras do seu coração.

Da fina pele do corpo
teço armaduras
que visto

pra ser visto, na noite escura,
por todos os irmãos que não são meus.

Sou um poema de horizontes,
não derrapo nas curvas, na vertical.
Sou o suor e o sangue que te reanima
o veneno pra te livrar do mal.

Sou a chuva
que se liberta das nuvens,
a tempestade que enfurece o mar.
Sou o amargo na boca da uva
e doce vinho no seu caminhar.

Sou o tudo e o nada
na antifrequência do pensamento,
espaço e tempo,
dentro e fora,
na mesma sintonia.

Sou surdo e mudo
no tom da dura sinfonia
que fora do ar
sem ritmo, dança,
mas não entende a poesia.

As pessoas querem a democracia do prazer
sem a ditadura do suor.
Quem não vai à luta não goza,
masturba as sobras.

Tem palavras que chegam como um abraço.
Tem abraço que não precisa de palavras.

A vida sabe o que eu quero
e fica se fazendo de difícil.

50 tons de sangue

Escrito com o sangue dos jovens e revisado pelo medo e silêncio da sociedade, não é um livro como outro qualquer, ele foi impresso na pele das pessoas em páginas e páginas de histórias tristes, que, como um livro de areia de Jorge Luis Borges, não acaba nunca.

É fácil reconhecê-lo pela capa, é uma gente simples, amanhecida pelo suor do trabalho e marejada pelos olhos tristes do sofrimento.

Ironicamente, é um livro extraordinário, os personagens gritam, mas o leitor, entorpecido pelo próprio umbigo, simplesmente não escuta.

O final todos já sabem, foram infelizes para sempre.

Tem abraço que enxuga lágrimas.

A felicidade tem amnésia,
é preciso lembrá-la todo dia
que você existe.

O segredo do trapézio
não está no medo de cair,
mas na coragem de mudar.

Bar adentro

— Alô?

— Alô.

— É você?

— Sim, sou eu. É você, poeta?

— Pode crer.

— Que bom que você ligou.

— Pois é, demorei um pouco, estava meio sem ter o que falar.

— Que tempos vivemos nós, falta palavra na boca dos poetas.

— Bom, faltam as palavras certas.

— Então me diz as erradas, gosto mesmo de palavras tortas.

— Puxa, que coincidência, a última vez que nos falamos também foi uma despedida.

— Faz parte. Lembra do poema do Neruda?: "... foi meu destino amar e despedir".

— Linda, andam dizendo por aí que você desistiu de nós.

— Não meu poeta, desisti de mim.

Uma dor do tamanho de uma agulha de costurar botões de camisa entra no meu coração.

— Desiste não. Tem muito de nós como você, se você desistir...

— Viver dói.

— Não viver também.

— Quero ver pra crer.

— Espera então.

— Tenho pressa.

— Puxa, logo você que tem os pés de boneca, com pressa?

— Enquanto a vida doía no silêncio dos teus olhos, eu aprendi a voar.

— Ensina-me a voar, depois você vai.

— Não dá, voar leva muito tempo pra aprender.

— Você sabe voar e depois eu que sou o poeta?

— Os poetas que nos alugam as asas, sabia não?

— Dessa não.

— Poetas não sabem de nada.

— Sei fazer ovo cozido.

— ha, ha, ha, ha, ha, ha.

— ha, ha, ha, ha, ha, ha.

Fazia tempo que a gente não ria juntos. Por isso, rimos mais um pouco.

— ha, ha, ha, ha.

— ha, ha, ha, ha.

Mais um pouco.

— ha, ha.

— ha, ha.

— Sabe de uma coisa, poeta?

— Não.

— Você é um palhaço.

— Obrigado, mas é você quem sabe rir como ninguém. Outra coisa, quando você se for quem vai rir comigo?

— A vida.

— Mas você falou que a vida não tem graça.

— Falei que a minha não tem.
— Não é verdade, você sabe disso.

Silêncio. Silêncio. Respiração.

— Poeta, sabe do que eu mais me lembro ao seu lado?
— O quê?
— Os bares.
— Quantos bares navegados, hein?
— Nossa história tem gosto de cerveja...
— Gelada.
— ... E de cigarro. Meu câncer.
— Não, teu escorpião.
— Então você vai mesmo?
— Sim, eu vou mesmo.
— Teus filhos já sabem?
— Desconfiam.
— E Carlos?
— Está tão fraco como eu.
— Os remédios?
— Chega.
— Estou com vontade de chorar.
— Não, não há mais por que chorar.
— Se pudesse, iria até aí te dar um beijo, um abraço, sei lá.
— É tarde, Londres faz muito frio.
— Então vai se foder.
— Vai você.
— Vamos juntos?
— Já te disse, é tarde.
— Estou começando a achar que é tarde mesmo.
— É o que eu estou tentando dizer.
— Queria te agradecer.

— Pelo quê?

— Pelo tempo, apesar de pouco. Por ter me amado. Por ter me deixado te amar.

— Um dia, numa outra hora, num outro lugar, quem sabe?

— Mas se já estamos aqui, o que custa?

— Já te disse...

— Então até breve.

— Adeus.

— Beija os amigos por mim.

— Só os que perguntarem por você.

— Não seja egoísta.

— Então não vá.

— Agradeça ao mundo por mim.

— Eu é quem te agradeço.

— E por quê?

— Tudo na vida seria bem mais difícil se você não existisse.

— Então faz de conta que nunca existi, foi um sonho que você teve.

— Queria chorar.

— Não, poeta, não chore. Despeça-se de mim com um sorriso.

— Então a água de choro vai matar meu sorriso afogado.

— Poetas não deviam morrer.

— Nem você.

— Adeus.

— Até breve.

Linda morreu dois dias depois.

(Alusão ao filme *Mar adentro*.)

Coloquei meu sorriso no seguro,
nem adianta tentarem roubar a minha brisa.

Antes que seja tarde

Se eu não fosse tão covarde, acho que o mundo seria um lugar melhor pra viver.

Não que o mundo dependa de uma só pessoa pra ser bom, mas se o medo não fosse constante, eu ajudaria as milhares de pessoas que agem pelo planeta como centelhas tentando criar uma labareda que incendiasse de entusiasmo a humanidade. Mas o que vejo refletido no espelho é um homem abatido diante das atrocidades que afetam as pessoas menos favorecidas.

Tivesse coragem não aceitaria as crianças passarem fome, frio e abandono nas calçadas, essas que parecem fantasmas e nos assustam nos semáforos com armas na mão, nos pedem esmolas amontoadas em escolas que não ensinam, e por mais que elas chorem, somos imunes a essas lágrimas.

Você acha que se eu realmente tivesse coragem aceitaria uma pessoa subjugar a outra apenas pela cor da sua pele? Do seu cabelo? Um poema é quase nada nisso tudo.

Sou um covarde diante da violência contra a mulher, da violência do homem contra o homem. Só no Brasil são 50 mil deles arrancados à bala do nosso pacífico país. O que dizer da violência contra os homossexuais e mendigos que são apedrejados nas calçadas das avenidas elegantes?

Tivesse mais fé na minha humanidade, de maneira alguma aceitaria que um Deus fosse melhor que o outro.

Sou tão covarde que nem religião tenho, e minhas mãos, que não rezam, já que estão abertas, poderiam ajudar a construir um templo onde coubessem todas elas, mas eu que não tenho fé nem em mim mesmo, sou incapaz de produzir esse milagre. De repartir o pão.

E porque os índios estão tão longe da minha aldeia e suas flechas não atingem meus olhos nem meu coração, não me importo que lhes tirem suas terras, sua alma, seus rios...

E, analfabeto de solidariedade, não sei ler sinais de fumaça, eles fazendo guerra e eu fumando o cachimbo da paz. Se eu tivesse um nome indígena seria "cachorro medroso".

Se fosse o tal ser humano forte que alardeio por aí, não concordaria em aceitar famílias inteiras sem onde morar, vagando em busca de terra, ou morando em barracos de madeiras indignas pendurados nos morros, ou na beira de córregos. Não nasci na favela, mas meu coração é de madeira, fraco.

A lei condena um homem comum que rouba outro homem comum e o enterra na masmorra moderna, mas nada faz contra aquele político corrupto que rouba milhares de pessoas apenas com uma caneta, ou duas, e que de quatro em quatro anos a gente aperta-lhes a mão, quando na verdade devíamos cuspir-lhes na cara.

E eu como um juiz sem martelo não faço nada além de condená-lo ao meu não voto. É pouco, já que sei onde eles se entocam.

A lei é cega, mas acho que lhe fizeram transplante de órgãos numa dessas votações secretas.

Assisto a falência da educação e o massacre contra os professores, e sei que muitas vezes o resultado do ensino de qualidade mínima é o presídio de segurança máxima.

Fico em silêncio quando a multidão desinformada pede redução da maioridade penal, porém, mal ela sabe que se não educarmos nossas crianças vão ter que prendê-las com 16 anos, depois 14, depois 12, até que não tenhamos mais crianças nas ruas.

E elas, as ruas, serão tão seguras que a gente vai sentir falta das crianças. Época em que os brinquedos serão visitados nos museus.

Estão cortando as árvores e aceito a cara de pau dos donos das serras elétricas e sei que o machado está em minhas mãos. Depois fico abraçando o lago poluído quando na verdade deveria estar mergulhado nele, assim como os peixes mortos.

Pago os meus impostos e sei que eles não fazem nada com eles, ainda assim faço propaganda da minha consciência tranquila. Desconfio que é essa tal "consciência tranquila" que está acabando com o universo.

Calado, assisto a falsa democracia deste país ilegal, sem alvará de funcionamento e sem licença pra ser pátria, e me emociono com o hino nacional cantado antes do jogo da seleção na Copa do Mundo.

Perdoe-me por apenas ser poeta, e ter apenas poemas como arma, ainda que ninguém me diga, sei que é muito pouco, quase nada.

O sangue que pulsa na veia tinha que estar nos olhos.

O mundo gosta das pessoas neutras, mas só respeita as que têm atitude.

Se não posso mudar o mundo, deveria mudar a mim mesmo.

Acho que é isso que vou fazer agora.

Antes que seja tarde.

Enfia o dedo na cara do seu dia e diz:
Hoje vou ser feliz, quer você queira ou não.

Amar dói amar

Cansei de amar,
quero ser amado.
Não quero estar no mapa,
quero ser encontrado.

Se o coração está seco
de nada adianta beijo molhado.
Grande coisa um belo olhar
se você não é notado.

Amar é sofrer
ser amado... nem dói.

Que chorem pelos cantos
deste mundo redondo,
ou se quiserem que façam promessas
aos santos, ao papa, ao pastor,
e até a Deus, que eu nem ligo.

Olhei demais pela janela,
agora só meu umbigo.

Também não quero romance de mentirinha,
tem que ser de verdade,
assim como Romeu amou Julieta,
de tomar veneno e tudo.
Mas já vou logo avisando:
veneno não tomo. Só cerveja.

Pois é, acordei com preguiça de amar
e disposição para ser amado.

Se alguém quiser, bem. Se não, bem também.

Quem me amar, que não me mande bilhetes,
quero cartas chorosas
cheirando suores indecentes.

Bom, já disse, amar não amo mais.
Nem percam tempo comigo
que é andar para trás.

Quem me quiser
tem que saber dar de comer, pois:
quero estrelas no café,
bolinhos de fogo no almoço
e lábios fartos no jantar.

Não vou levar ninguém no colo.
O máximo que posso fazer
é dar saliva na boquinha,
pentear sobrancelhas e fazer cosquinhas na virilha.

De resto, ficar esperando pelo gozo
sem ter trabalhado.

Sempre amei, nunca fui amado.
Ser amado é melhor que amar?
Não sei,
mas foi assim que disse um poeta abandonado.

O que nos faz forte
é enfrentar nossas
próprias fraquezas.

Por gostar das coisas certas
quase sempre fiz tudo errado.

Ideologia

Ideologia e frustração são coisas diferentes.

Frustração é quando alguém consegue aquilo que queria, depois deixa de lado a ideologia.

Ideologia é lutar para que todos consigam oportunidades iguais, e para que isso aconteça, deixa de lado justamente a frustração.

As calçadas duras e frias da cidade são cobertas
por um tapete estranho.
A gente pisa, mas não vê: gente.

Luva de pelica

Sou um alvo fácil para os meus inimigos
assino poeta não só quando escrevo, mas quando vivo
escrevo coisas no papel que na boca viram guizo
olhos fracos e na boca sempre um sorriso.

Sou um alvo fácil para meus inimigos
moleque do vento de coração atrevido
ando nas ruas como se fossem de vidro
chego no inferno feito anjo sem juízo.

Sou um alvo fácil para meus inimigos
de manhã acordo num céu sem abrigo
carente de abraços e punhos imprecisos
trilho sem saber odiar, o amor improviso.

Sou um alvo fácil para meus inimigos
mesmo com uma tristeza que não manda aviso

estou sempre nu vestido com cara de paraíso
só que a linha do rosto tem cerol com mármore moído.

Sou um alvo fácil para meus inimigos
tenho asas nas pernas e raiz no umbigo
braços largos e um peito cheio de amor indeciso
faço tudo errado e não sei onde piso.

Sou um alvo fácil para meus inimigos
não sei para onde vou e pareço preciso
se multiplico não somo, somos, eu divido
quando sua lama afunda, me chama, eu deslizo.

Sou um alvo fácil para meus inimigos
invejo a vida, não quem vive o vivido
na cara dura passo dias duros e saio liso
porque sou burro, se não quero, empaco, persigo.

Sou um alvo fácil para meus inimigos
hemorrágico sangue bom A negoativo
verborrágico sutil sem os dentes do siso
não engulo sapos apesar do queixo de vidro.

Sou um alvo fácil para meus inimigos
o novo bate, sou fóssil, mas não me esquivo
dócil, tenho medo da chuva não do perigo
se cospem raios, no ócio, tomo suco de granizo.

Sou um alvo fácil para meus inimigos
quando a traição é posta na mesa, regurgito e mastigo
e ainda que desenterre sua alma para cavar meu jazigo
ando leve feito pluma no chumbo em que vivo.

Sou um alvo fácil para meus inimigos
se não me acertam, na certa te digo:
ando livre e o mundo é meu abrigo
presos, se arrastam, me seguir é quase um castigo.

O mau-caráter nunca pede desculpas.
Ele sempre arruma alguém pra assumir a sua culpa.

Dizem que quando a gente morre,
vai todo mundo para o mesmo lugar...
Devia ser quando nasce.

E a felicidade,
ainda que tardia,
deve ser conquistada.
E que ninguém mais
agradeça pelas migalhas do cotidiano.

Sonhador
é aquele que vira nuvem
enquanto a chuva não vem.

Evolução das espécies

Quando a gente envelhece,
volta a ser criança.

Humilde é uma pessoa
grande que trata todas as
outras como se fossem
maiores.

Fábrica dos sonhos

Admitem-se sonhadores:

Não precisa ter curso superior, mas elevado, em qualquer grau.
Pouco importa a idade, mas tem que ter a alegria de uma criança.
Experiência em Paz e Harmonia
Disposição pra lutar
2 fotos 3x4 sorrindo ou gargalhando
Não aceitamos cópia do coração, só o original
Tem que saber amar, beijar e abraçar
Noções de contabilidade (tem que contar estrelas)
Boa aparência: despido de qualquer preconceito
Tem que gostar de poesia escrita, falada e vivida
Nem precisa saber rimar
Pode ser triste, fraco, mas sem covardia
Horário: da hora que quiser até a hora que tiver a fim
Sexta-básica todos os dias

Ticket-amizade
Plano de saúde espiritual
E vale-teletransporte

*Se tiver essas qualidades, não precisa enviar currículo, a gente te acha.

Ter inimigos é bom.
Muitas vezes
são os únicos
que prestam atenção
no que a gente faz.

Miniconto

Dona Esperança ria pouco, por isso as cáries lhe roeram os dentes.

Hoje seu sorriso descansa afogado num copo com água.

O amor de todo dia

Uma mulher de verdade é difícil de impressionar
elas são fortes quando se fingem de frágeis,
são livres quando nos querem presos
e são cruéis quando querem nos abandonar.
Um homem sem nada é quase,
abandonado ele não é nada.

Não há regra para o amor,
muitas vezes desregrar é o melhor a fazer.

Engraçado que o amor
não amadurece com o tempo.
Ninguém aprende ou ensina a amar,
ama-se ou não.

Rugas e espinhas sofrem do mesmo tamanho.

Se queres o amor de uma mulher,
ainda que por alguns momentos,
retenha nos seus braços apenas o tempo de amá-la,
há as que se aninham e as que gostam de voar,
com os braços livres poderá distingui-las.

Beije-a como se a amasse (caso não a ame),
tenha sempre uma palavra sincera, mas não diga com a boca,
diga com a pele. Elas escutam melhor quando os pelos eriçam.

Ofereça rosas, mas com espinhos duros. Bem duros.
Dias de inverno costumam dar ótimas primaveras.
De mais a mais,
toque-a no claro como se fosse cego
e saiba chegar como se fosse se despedir,
e tenha muita ivaginação.
Sim, ivaginação.

Orgulho mata

Um amigo acaba de morrer em mim.
Foi morrendo assim, devagarinho
feito vento meliante que espreita madrugada,
quando percebi, já não respirava mais.

Não tinha percebido que a amizade estava doente...
e quando a amizade fica doente,
se você não tomar semancol, humildol ou desculpol,
o vírus da mágoa se alastra pelo corpo todo.

A mágoa é como lepra, primeiro apodrece a palavra,
o brilho nos olhos e depois o respeito,
é quando você diz olá querendo dizer adeus.

O amigo quando fina não vai para o céu,
fica vagando feito alma penada
no inferno da lembrança.

O finado amigo
é um espírito que fala através de outras pessoas,
e ainda que ele grite, você já não escuta mais.
Um amigo falece por vários motivos,
desde falta de açúcar nos olhos
até a fraqueza no abraço.
Mas o pior de tudo é o enfarte na admiração.
A admiração pelo amigo é o sangue que bombeia
a amizade.

Sem esses glóbulos brancos, negros e amarelos
o amor acaba. E se você não ama teu amigo... jaz.
Amigo a gente não divide, se ele é menos a gente
multiplica,
mas quando ele morre a gente já nem conta mais.
O amigo quando cessa
é como se o passado cometesse suicídio
com um tiro na saudade, ou uma corda pendurada
na lembrança.
Isso quando você mesmo não o mata,
atirando na testa um desprezo de pedregulho.
Quando a amizade começa a tossir... é bom medir
a pressão.

Meu amigo está morto,
na autópsia consta que foi envenenamento: cianureto
de orgulho.
O funeral foi agora pouco — sem flores, sem lágrimas —
no meu coração.
O enterro segue sem alarde em respeito aos familiares.

Quem não fizer por merecer
vai ter que se contentar
com o que é oferecido.
E o que é oferecido
ninguém merece.

Se você abandona seus sonhos,
a vida se torna um pesadelo.

Temporal

A mulher,
repleta de lama, chora.

O homem,
feito de barro,
desaba em lágrimas.

De aço mesmo,
só a vida
— essa lâmina cega
que corta
sempre do mesmo lado.

Teoria da evolução

As atitudes demonstram
que algumas pessoas
descendem dos macacos.
Outras, da banana.

Se você não quer, não pode e não vai lutar por aquilo que acredita,
deixe a vida em paz.
Ela tem mais o que fazer.

Alegria artificial

A vida não me deu o privilégio da alegria,
ou ela, de tão discreta, passou que nem vi.
Sem nenhuma moeda pra comprar alegria artificial,
meus amigos são o mais perto que cheguei da felicidade.
Esse lugar que todos dizem que existe,
mas que ninguém sabe como chegar lá.

Agora que já deu tudo errado, tem tudo pra dar certo.

Amei certo as pessoas erradas.
Amei errado as pessoas certas.
Nunca fui bom em amar e ser amado.
Amar parece coisa de profissional,
não para amadores como eu.

Notícias da enchente:
Água de choro matou o sorriso afogado.

Monalisa de fogo

Vendo ela ali
Monalisa triste na janela
deitando seus olhos sob a lua
mal sabe de tantos
outros olhos
que em silêncio tiram a roupa dela.

Se ela
soubesse
e meu dinheiro desse
comprava-lhe uma estrela
pra que não se perdesse na rua
e se achasse perdida
quando comigo se deitasse.

Dizem as más línguas
que seus bons lábios
trazem segredos de malícia

e se ouvisse seu canto, um homem bobo
que a cortejasse
ficava preso nos seus braços de polícia.

Um dia desses
um desatento lhe implorou carícia
ele entre as pernas
como se socorro pedisse
ela como se uma surra lhe desse
fez que o falo sumisse
antes que o tolo se gabasse.

À primeira vista
não é feia nem bela
dessas que se desenhasse
com o contorno das mãos
e o dorso dos pés.
Quando ela passa
roçando coxa com coxa
todo ar se coça
como se soprasse
cheiro de leite moça
nos dedos de quem lhe roça.

Seus lábios carnudos
esse açougue
impróprio para menores
ainda que idade tivesse
fez de machos velhos
novos maltrapilhos
que se arrastam cegos
sem trilhos
como se o amor os sugassem.

É menina quando pede
mulher quando suplica
e se você acreditasse
lhe contaria,
nem mil homens
que pelo seu corpo passasse
lhe roubaria um só momento
de amor,
se ela não deixasse.

Sua pele quando sua, nem sofre,
por isso ela só vai e vem
com quem quer, quando pode,
e antes que alguém lhe roubasse
o direito à cama com quem desejasse,
trancou seu coração dentro de um cofre
ardendo em chamas para que ninguém se queimasse.

Tem gente que ama de mentirinha
e acaba nos enganando de verdade.

Magia negra

Magia negra era o Pelé jogando futebol, Cartola compondo "O mundo é um moinho" e a "Travessia" de Milton Nascimento.

Magia negra é o poema de Castro Alves e o samba de Jovelina...

Magia negra é Djavan, Emicida, Racionais MC's, Thalma de Freitas, Simonal.

Magia negra é Drogba, Fela Kuti.

Magia negra é dona Edith recitando poesia no Sarau da Cooperifa.

Carolina de Jesus é pura magia negra. Garrincha tinhas duas pernas mágicas e negras. James Brown e Milton Santos é pura magia.

Não posso ouvir a palavra magia negra que me transformo num dragão.

Michael Jackson e Michael Jordan é magia negra.

Cafu, Milton Gonçalves, Ruth de Souza, Dona Ivone Lara, Jeferson De, Jorge Mendonça, Daiane dos Santos é magia negra.

Magia Malê Luísa Mahin Calafate.

Fabiana Cozza, Machado de Assis, James Baldwin, Alice Walker, Nelson Mandela, Tupac, Luiz Gama, Conceição Evaristo, isso é o que chamo de escura magia.

Magia negra é Malcom X. A Marcha de Harry Belafonte e Martin Luther King.

Mussum, Zumbi dos Palmares, João Antônio, Candeia e Paulinho da Viola.

Usain Bolt, Elza Soares, Sarah Vaughan, Billy Holiday, Nina Simone é magia mais do que negra.

Eu faço magia negra quando danço Fundo de Quintal e Bob Marley.

Cruz e Sousa, Zózimo, Spike Lee, tudo é magia negra neles.

Umoja, Espírito de Zumbi, Afro Koteban...

É mestre Bimba, é Vai-Vai, é Mangueira, todas as escolas transformando quartas-feiras de cinzas em alegria de primeira.

Magia negra é Sabotage, MV Bill, Anderson Silva e Solano Trindade.

Ondjaki, Ana Paula Tavares, João Mello... Magia negra.

Magia negra são os brancos que são solidários na luta contra o racismo.

Magia negra é o Rap, o Samba, o Blues, o Rock, o *Hip-Hop* de Afrika Bambaataa.

Magia negra é magia que não acaba mais.

É Izzy e mais um monte de gente que é magia negra.

O resto é feitiço racista.

Meu coração é cheio de pássaros.
Por isso nunca me dei bem com gaiolas.

Medo do escuro

As nuvens cinzas e pesadas
assombram tua plantação,
tuas sementes assustadas
com o barulho do trovão
choram caladas
com os pés atolados no chão.
Eu estendo a mão,
mas você não floresce
você não vem.

No matagal o capitão do mato
se espalha feito joio no trigo,
o pão tem o gosto horrível da escravidão
e o chicote estrala
na tua boca vazia
que se cala.
E eu te empresto as costas,
minha pele exposta...

mas você não vem,
não dá respostas.

Uma canção doce e alegre
que fala da tua tristeza
entra pelos teus ouvidos
e você ri, e dança
em torno de si mesma,
soterrada em lágrimas pelo salão.
Num sussurro desafinado
imploro aos teus pés,
mas você não cansa,
é mansa
e também não vem.

A ventania
destelha teu coração.
Sem sentimento,
você ama sem amar
e de mãos dadas
caminha saltitante com a solidão
nas ruas esburacadas à procura de um lar.
Eu abro as portas,
mas você não vem,
é torta
não quer entrar.

A vida dói
como uma faca enferrujada na garganta
e você,
Alice no País das Maravilhas,
covarde como um leão

foge das hienas
para dentro da densa selva.
Abatido,
eu lambo
tuas feridas,
mas você não vem
não me cicatriza.

Uma manhã mal dormida
acorda no meio da noite
e percebe que está sem estrela.
Na ausência de brilho
um vaga-lume
risca um poema
sob a névoa trêmula
que vai além.
Você não lê,
não vem,
mas está escrito:
"eu tenho medo também".

Ah, essa sua língua portuguesa no meu
mandarim...
Eu falava grego, tim-tim por tim-tim.

A vida é loka

Esses dias tinha um moleque na quebrada com uma arma de quase quatrocentas páginas na mão.

Umas mina cheirando prosa, uns acendendo poesia.

Um cara sem Nike no pé indo pro trampo com o zoio vermelho de tanto ler no ônibus.

Uns tiozinho e umas tiazinha no sarau enchendo a cara de poemas. Depois saíram vomitando versos na calçada.

O tráfico de informação não para, uns estão saindo algemados aos diplomas depois de experimentarem umas pílulas de sabedoria. As famílias, coniventes, estão em êxtase.

Esses vidas mansas estão esvaziando as cadeias e desempregando os Datenas.

A vida não é mesmo loka?

Não posso me dar ao luxo de ser feliz,
porém sou orgulhoso demais para ser um sofredor.

Homem não chora

Tem homem que não chora
se humilha
se ajoelha
apanha na cara
passa fome
anda em farrapos
beija a mão da vida
e se cala,
mas não chora.
Sofre.
A valentia o ignora
sufoca em silêncio
não grita, implora
medra em segredo
enquanto soca o fraco,
mas não chora.
Covarde.

Tem voz de trovão
mas foge do raio
quando o medo ancora.
Se a mão sua,
bate na mulher
quando apanha na rua
e o rosto nem cora.

E tem homem que chora
enquanto não aceita nada disso.

As mulheres quando beijam
não trocam saliva,
depositam a alma.

Amor com fim

Sim, o amor acabou,
mas obrigado por ter começado.
Fui feliz porque te amei
honrado por ter estado ao teu lado,
mas ainda que tua boca diga que me ama,
o silêncio dos teus olhos aflige meu coração.

Houve um tempo que sorríamos muito,
em que nossas mãos caminhavam unidas
como uma oração ao Deus da felicidade
e hoje, ainda que haja lágrimas,
essa lembrança alivia a dor na despedida.

Peço perdão
se por acaso não cumpri a promessa da eternidade,
porém fui eterno todas as vezes que
entre um sussurro e outro,
ajoelhei diante do milagre dos teus beijos.

E crucificado
na cruz dos dias que não davam certo
me sentia um deus
todas as noites
que ressuscitava em teus braços
o amor nosso de cada dia.

Não sei se posso ser teu amigo
depois de ter sido teu amante,
mas depois de ter sido teu amante,
que graça tem ser teu amigo?

Não quero de volta as estrelas
que te dei
em troca de
todas as vezes que me levou ao céu.

O amor é um presente
que poucos podem ter, ou dar.
Amar é um ato de coragem
já desamar requer humildade.

Quando se dá o último abraço
é porque já faltavam braços há muito tempo.

Não quero entender o amor,
de minha parte, só queria dizer obrigado.

Depois de nós

Te amo
e sabendo que um dia
eu e você não estaremos mais respirando,
te amo mais ainda.
Porque a morte é um fato,
um dia levará nossos corpos
para além do que compreendemos
de outras dimensões.
Mas nossos beijos e abraços
que experimentaram o céu e o inferno,
entre saliva e suor
não cabem em nenhum outro espírito.
Te amo hoje
e nós que já morremos tantas vezes
entre idas e vindas,
entre o silêncio e o ruído da despedida,
aprendemos a juntar os cacos
de nossos corações partidos.

Te amo
porque quando não tinha pernas
você me deu teus braços
e quando você não tinha braços
caminhei por você.
Quando cuspi relâmpagos e trovão
lembro do teu sol
no café quente pela manhã
e sempre que você chovia
estava ali drenando a tristeza
para que você não afogasse em lágrimas.
Quem tem medo da morte
é porque não conhece teu adeus,
é morrer mil vezes
em mil cruzes de saudade
estancadas no peito.
Mas quando volta
estendo minha alma cheia de pecado
no cabide do guarda-roupa
enquanto as roupas
se estranham no chão,
sem tempo para preces ou oração.
Te amo nesse minuto
enquanto um sorriso queima em tua face
e tua pele esfrega em minhas mãos.
Tiro fotografias
porque gosto de ficar te olhando,
sei que nada é capaz de captar tua beleza,
você só se revela nas minhas retinas
e entre tuas estrias
e meus dentes cariados
tudo é belo, encardido

e não cabe no olhar de mais ninguém.
Te amo agora
acima da terra
sob o azul do céu
sem adiantos nem atrasos
porque sabe que não sou de chorar em cemitérios,
E para quem já experimentou a eternidade
sabe que o amor não morre.
Depois de nós o mundo simplesmente acaba.

Caminhos

A história não perdoa os covardes, e com o tempo os mentirosos são devorados pela verdade.

Ser livre é um preço caro a ser pago, e negar à vida é ser prisioneiro do acaso.

Não tenho futuro, o passado não me pertence, e o presente... Bom, o presente ainda não abri.

Sangue, suor e lágrimas, e no final um sorriso largo para disfarçar as cicatrizes de um coração que mais parece um museu de lembranças distorcidas.

Queria que você soubesse, pois, se vai caminhar comigo, isso é tudo que tenho a oferecer.

Maria fodida

Maria D'ajuda nunca soube o que eram livros, mas sua vida página por página daria uma coleção de romances sujos.

De capa dura passou a vida a ferro frio e de mão em mão, mas ninguém sequer sabia se aquecia o seu coração.

De peito mole amamentou os bastardos perdidos em sua cama e desde sempre chorou esse leite coalho derramado.

Puta desalmada desalmou todas as almas penadas que assombraram seu colchão.

Como fodia essa fodida sem gosto pela vida. De manhã, de tarde, de frente, de lado, por trás, de tudo quanto é jeito e com tudo quanto é gente. De menino travestido de homem, de homem metido a menino.

Pegou e largou tudo quanto é doença que os vermes transmitem na nota suja do dinheiro.

Por prazer se dava pela metade. Por bebida e riso falso se dava por inteiro. Por amor? Nem fodendo.

Sem filhos, Maria fodida era uma puta velha filha da puta, que não admitia que era uma velha puta que o mundo sem pai, gozado e sem gozo, pariu.

Não morreu de gonorreia porque usava camisinha, mas como não tinha cobertor de orelha morreu sozinha atolada numa poça funda de lama.

Uma faca de um cafetão café com leite e sem açúcar cortou a sua voz com um risco do pescoço à orelha, e o sangue molhou suas palavras e esvaziou suas veias.

Mas para quem tinha sífilis na alma, o que era uma boceta a mais na cara?

Simplicidade

No princípio, quando era o verbo,
de tão pequeno me achava grande
uma enorme sombra diante de um sol pequeno.
Mas a grandeza das coisas pequenas
que são as estrelas na órbita da lua,
ensina que a vida cabe somente
na sua Via Láctea.
Porém,
se no teu infinito
não cabe a escuridão alheia,
você brilha tão intenso
que o universo cabe todo
numa casca de noz.
E aí, de tão grande a simplicidade,
nasce em teu coração
um planeta melhor:
eu, tu, eles, nós, voz.

Somos nós

Vocês dizem que não entendem
que barulho é esse que vem das ruas
que não sabem que voz é essa
que caminha com pedras nas mãos
em busca de justiça, e por que não dizer, vingança.

Dentro do castelo às custas da miséria humana
alega não entender a fúria que nasce dos sem causas,
dos sem comidas e dos sem casas.
O capitão do mato dispara com seu chicote
a pólvora indigna dos tiranos
que se escondem por trás da cortina do lacrimogênio,
O CHICOTE ESTRALA, MAS ESSE POVO NÃO SE
CALA.

Quem grita somos nós,
os sem educação, os sem hospitais e sem segurança.

Somos nós, órfãos de pátria,
os filhos bastardos da nação.
Somos nós, os pretos, os pobres,
os brancos indignados e os índios
cansados do cachimbo da paz.
Essa voz que brada, que atordoa teu sono
vem dos calos das mãos, que vão cerrando os punhos
até que a noite venha
e as canções de ninar vão se tornando hinos
na boca suja dos revoltados.

Tenham medo sim,
somos nós, os famintos,
os que dormem nas calçadas frias,
os escravos dos ônibus negreiros,
os assalariados esmagados no trem,
os que na tua opinião
não deviam ter nascido.

Teu medo faz sentido,
em tua direção
vão as mães dos filhos mortos
o pai dos filhos tortos
te devolvem todos os crimes
causados pelo descaso da tua consciência.

Quem marcha em tua direção?
Somos nós,
os brasileiros
que nunca dormiram
e os que estão acordando agora.
Antes tarde do que nunca.

E para aqueles que acharam que era nunca,
agora é tarde.

Um sol lindo lá fora, outro dentro do peito.
Sei não, acho que hoje vou demorar pra anoitecer.

Família vende tudo

Vende-se barraco de madeira
com vista para o córrego
com água e esgoto desencanados
dois por quatro, sem tramela
com buraco
para o frio entrar.

Devido à pressão
vendo jogo de vazias panelas
frigideira sem óleo
vida sem tempero
ronco de barriga
insônia da miséria.

Vende-se choro de mãe
com criança no colo
na fila do hospital
dessa vida sem bula

sem cura
sem melhoral.
Vende-se abandono de pai:
"Ave-Maria, pai nosso que estais no céu,
como batia, esse filho da mãe!"

Vende-se Natal sem brinquedo
sem bola nem boneca
uma foto amarelada
do tio Noel
puxando trenó sem cavalo
nas ruas da cidade.

Vende-se vaga em escola ruim
de criança que cresce sem creche,
sem merenda, sem leque,
raiz dos problemas
de todos meus pobrema
do destino em xeque.

Vende-se sapato furado,
chinelo de dedo e calos nos pés.
Vendo fé cega,
lágrimas enferrujadas,
calos nas mãos
de orações não atendidas.

Vende-se anjo da guarda
surdo-mudo
sem experiência
contra a pobreza.

Vende-se um corpo falido
cheio de rugas
que se abriram como estradas
nessa sina sem rumo, sem saída,
de vida inteira, quebrada.

Vende-se rim,
fígado, coração
e sonhos dormidos.

Vende-se alegria de Ano-Novo
primeiro amor, nunca usado.

Vende-se desemprego, unha desfeita,
dores nas costas, no peito e de amores.

Vende-se a porra toda.

Vende-se menina grávida,
guarda-roupa sem roupa.
Vendo menino
no semáforo
equilibrando o limão
da vida amarga.

Vende-se bala perdida
que encontra sempre a molecada
nas esquinas escuras
desse destino claro.

Vende-se samba de Adoniran
onde a favela fica bonita,
com saudosa maloca e tudo,

já tem luz elétrica esse lugar escuro
onde o político se ilumina.

Vende-se futuro
que não vale nada,
por isso leva
o passado de presente.

Vende-se racismo,
essa escola de preto no branco
que desfila na avenida Brasil
o ano inteiro depois do Carnaval.

Tinha até sorriso e felicidade pra vender
mas, como ninguém nunca usou,
se perdeu nos becos da favela.

Vende-se alegria,
mas tem que levar a tristeza também.

Família vende tudo,
antes que o incêndio
acabe com ela.

A rotina é máquina de moer gente.

Traição é dizer que ama
sem amar.

Ilusão

Em meu peito corre um rio
Rio que corre em direção ao mar
Mar que deságua em meus sonhos
Sonhos que miram o brilho da luz
Luz que clareia o escuro caminho
Caminho que adverte o destino
Destino que levo comigo
Comigo levo as flores que você plantou
Flores que colhi na primavera
Primavera que trago nas mãos
Mãos que afagam a terra
Terra que sustenta meu corpo
Corpo que dança no espaço
Espaço que limito no coração
Coração que brinca no infinito
Infinito que são seus braços
Braços que são correntes de carne
Carne que acorrenta o espírito

Espírito que é fuga da prisão
Prisão que são as margens do rio
Rio que corre em meu peito
Peito que se liberta da realidade
Que comprime a ilusão.

O poeta é o fotógrafo do sentimento.

Na Fundação Casa...

— Quem gosta de poesia?
— Ninguém, senhor.

Aí recitei "Negro drama" dos Racionais.

— Senhor, isso é poesia?
— É.
— Então nóis gosta.

É isso. Todo mundo gosta de poesia.
Só não sabe que gosta.

Amor ao próximo
é a única religião
que deveria
aceitar fanáticos.

Coração aberto

De vez em quando,
quando a felicidade está desarmada,
uma dor me assalta,
leva o perfume, a luz
e o pouco de alegria
que economizo
para gastar nos dias sem sol.

Não sei de onde vem
e nem por quê,
mas esse vazio
ladino noturno
pula o muro
ou tem
as chaves do meu coração.

Vem e vai
assim

em silêncio
sem deixar pistas
nem impressões digitais.
Não suspeito de nada
nem de ninguém.

E não chega a ser um sofrer
nem solidão
talvez um beijo magro e roubado
um adeus mal consagrado
um olho sem brilho
que visita a memória
quando é escuridão.

Outro dia,
desses em que a coragem
se instala no sorriso
como sentinela da alma,
reagi,
não levou nada.
Partiu de mãos vazias,
precisava de mim
tanto quanto ela.

Um novo dia,
um novo amor e amigos por perto,
mas sempre esperto...

Quem pode proteger
um coração desprotegido e aberto?

Frio em São Paulo,
mas o que incomoda mesmo
é o inverno das pessoas.

Acho que depois que a gente cresce, fica pequeno.

Eram os poetas astronautas?

É certo que não sou daqui
não sou disso nem daquilo
nem desse planeta.

Não falo essa língua
que vagueia por aí
cortando garganta
dos seres dessa galáxia.

Sem nada pra dizer
deixo um rastro de estrelas
pra quem quiser me entender.

Viajante do tempo
estou no passado, presente e futuro
sem sair do lugar.

Marciano de junho,
guardo meu sol
na sombra da noite.

Não me levem aos seus deuses,
que minha vida breve
tem sede do infinito.

De onde venho
as palavras
têm raízes no coração
e asas no espaço sideral.

Escrevia enquanto Via Láctea
e no céu da minha boca
um Poema habita o Sistema Solar.

Anos-luz de mim mesmo
estacionei meu ônibus espacial
nesse buraco negro chamado Terra.

Sou astronauta da rua
passando um pano
na poeira cósmica desse universo.

Se você não aprende nada com a sede,
uma gota de água pode te afogar.

Enquadro poético

Escrevo porque ouço vozes,
umas gritam de coragem, outras de medo,
e todas elas agitam em silêncio o meu coração.
Nada a ver com gramática,
estética, ética ou métrica,
escrevo porque em mim
a palavra é fio desencapado,
é elétrica.

A polícia acadêmica, quando enquadra,
não sabe ou esqueceu
que as ruas gritam livres
ainda que durma na calçada.

A Poesia é sem sobrenome
pede um real pra comprar pão
dois reais pra comprar pinga
e um cobertor pra cobrir a fome.

Dança roda com as crianças
beija a mão do trabalhador
bate ponto na esquina
no boteco
nas escolas
e anda de chinelo
pra não deixar rastros
ao perseguidor.

Poesia bebe fuma
não bebe não fuma
bate uma bola
joga sinuca
samba na laje
chora na chacina
e anda com o povo.

Poesia
sangra nos olhos
é soco no abdome...

Vixe,
melhor ficar quieto
ouço sirenes...
Deve ser ozomi.

Um olhar diz palavras
que não estão no dicionário.

Nem sempre
quem tem casa tem lar.
Conheço gente
que mora no abraço do amigo.

Sobre dezembros e janeiros

Andando pelas ruas descobri que o ano novo mal
  começou e já está tudo velho de novo.
E de tantas promessas vazias feitas com o copo
  cheio, o futuro já nem acredita mais.
Trocam-se os dias, mudam-se as horas, e se tu, fiel
  ao passado

e perecível ao calendário, nada faz para mudar a vida
  (aquela que só você vê)
o tempo vai te presentear com um coração cheio
  de rugas,

e de presente, esse milagre que nós desperdiçamos,

vai nos ensinar que viver é muito mais que
  colecionar dezembros.
É desbravar janeiros.

O medíocre é aquele que não faz nada
para mudar a própria vida,
mas se incomoda com a mudança que você faz na sua.

Oficina de poesia I

Enquanto isso...

— Poeta, me dê um bom motivo pra ler.
— Quem lê xaveca melhor, moleque.
— Vixe, vou comprar uns livro de poesia amanhã.
— Ha ha ha ha.

E foi aquele alvoroço.
A menina no fundão...

— E nóis, poeta, as meninas?
— Quem lê não aceita qualquer xaveco.
— Ha ha ha ha ha.

Todas elas riram. Eu também.
Fiquei rindo sozinho como um bruxo que acaba de lançar um feitiço:
Quem lê enxerga melhor...

Vida loka é quem estuda.

Reclamar como sempre,
agir como nunca.

Lugar de criança é presa na escola

Sou a favor do aumento da maioridade escolar.

Isso mesmo, lugar de criança é presa na escola (das 8h às 17h) e sendo torturada por aulas de Matemática, Português, Ciências, Música, Teatro, Geografia, Química, Física... ou tomando banho de sol enquanto fazem Educação Física.

E quando elas começarem a criar asas, trancá-las na biblioteca para aprenderem a lapidar sonhos.

Nessa cadeia os professores teriam supersalários, supertreinamento, seriam supermotivados, não deixariam nada nem ninguém escapar do castigo da sabedoria. Serão tempos difíceis para a ignorância.

Depois de cumprirem pena e se tornarem cidadãos, terão liberdade assistida... Pelos pais orgulhosos.

Sem palavras

Não preciso dizer que te amo
Você sabe, sente.

Está no hálito das minhas palavras
quando te belisco com os olhos
no hábito das mãos em braile
no teu corpo em brasa.

Você desidrata, maltrata,
mas é em tua boca
que mato a sede de beijo
da minha boca falida de saliva.

Me entrego ao ciúme delirante,
sim, sei,
mas o sol não tem nada
que ficar se esfregando no teu corpo.

Mergulhado em teu suor
aprendi a nadar
e, ainda assim, feliz e afogado,
muitas vezes morri de amor,
no silêncio do leite derramado.

De que vale o céu ou o inferno
se existe vida após a morte?

Dos teus braços
à tua virilha,
da nuca nua
tua vulva minha ilha
sou anjo menino
descobrindo o paraíso.

Não preciso dizer que te amo
você sabe, sente,
mas eu digo mesmo assim.

Deus que me perdoe,
mas não quero ir para o céu.
Porque todas as pessoas
que transformam essa vida num inferno
dizem que também vão para lá.

Chão de estrelas

As coisas importantes
são impossíveis de comprar,
o mercado da vida abre cedo,
mas tem hora pra fechar.
Ainda que te caiam bem as camisas
e não apertem os sapatos
o que adianta chão de estrelas
se não sabe caminhar?
O pulso do relógio
cravejado de rubi e aço inoxidável
dá a mesma hora que o sol
que se esfrega no céu
e você atrasa, adianta
e perde as horas vendo a vida passar.
Em débito com o destino,
passa cheques sem fundo
e credita nos outros
o que a tristeza vai te cobrar.

Tudo que come e não come
arroz, feijão, lagosta, caviar
vai tudo para o mesmo lugar
e o papel pouco se importa
com quem sentou pra pensar.
Um coração cheio de bijuterias
carrega uma ou duas pedras na mão
pra atirar na tua cara,
apesar de preciosa
não brilha se não cabe na tua retina.
Quem late quer os quilates
e o mundo cão sem coleira
tem muita sarna pra se coçar.

Se é a bolsa que arranca teu couro...

A eternidade é feita de dias imprecisos
desses que a gente acorda e não sabe se está sonhando
e nós, como as flores abandonadas pela chuva
e cravadas de espinhos,
temos que sorrir mesmo sem pétalas,
porque o que a gente quer
(não tem preço, tem valor)
de tão simples ainda nem começou
e desconfio que não tem hora pra acabar.

Amor bandido
é quando alguém que não te ama
rouba teu coração
e não devolve.

Se você faz tudo sempre igual
é seguro que não se perca,
mas é possível que nunca se ache.

A liberdade custa caro

Outro dia na rua:

— E aí, poeta, firmeza total?

— Firmeza, rapaz, na paz?

— Ah, mano, correndo feito louco.

— É isso mesmo.

— Pra falar bem a verdade, tô pensando em entrar pro crime.

— O quê? Tá louco?

— Pô, trabalho pra carai e tô sempre duro.

— Nada a ver, não é a sua cara...

— É, mas...

— Posso te fazer uma pergunta?

— Ô, poeta, claro!

— Se você estivesse preso e tivesse dinheiro, quanto você pagaria pela sua liberdade?

— Cê é loko, pagaria até um milhão, mano.

— Então...

— Então o quê?

— Você está na rua, livre, e ainda por cima está economizando um milhão de reais.

— Carai, tio, não tinha pensado nisso.

— Pois é... vai viver a vida, moleque, e deixa de pensar besteira.

— Poeta, você é zica.

— Bora ser feliz.

— Desculpaí, é que às vezes...

— Deixa isso pra lá, vamos gastar essa liberdade junto.

— Quer um dinheiro emprestado?

— Ha ha ha ha ha.

— Ha ha ha ha ha.

— Moleque?

— Fala!

— Agora você me deve um milhão de dias na rua.

— Vô te pagar dia por dia.

— Ha ha ha ha ha.

— Ha ha ha ha ha.

A maioria das pessoas
não acredita em Deus,
apenas teme que ele exista.
Porque no fundo
todo mundo sabe,
nenhum Deus aprovaria
quem nós somos de verdade.

O maior disfarce do inimigo
é a máscara da amizade.

Se querem o meu mal é só pedir.
Meu bem é que não está disponível.

Ela tem estrelas no olhar,
eu, um sol no coração.
A madrugada não entende nada.

Hoje
quem quiser
pode fazer reforma agrária
no meu sorriso.
Meu coração
é um latifúndio
a ser ocupado.

Ilusões perdidas

Finja-se de morto,
ainda que os ventos lhe soprem
o frescor da vida.
Pois há amigos à sua volta
que mesmo absortos
não toleram
um corpo cheio de alegria,
e a saúde dos seus olhos,
que têm cloro até nas lágrimas
filtra mágoas passadas,
e essa insustentável leveza
pode deixar muita gente ferida.

Pareça mais fraco
do que realmente é,
nas savanas ou nos quintais,
porque para lutar com os búfalos
as hienas se tornam amigas dos chacais,

os abutres voam ao seu redor
enquanto os corvos se passam por pardais
fingindo emprestar asas pra te salvar.
E os vermes,
sem garras pra lutar,
sorriem ao teu lado
como um unicórnio alado
procurando a fraqueza
do teu calcanhar.

Não exiba talento
Nem cante antes da festa,
tem parceiro que enquanto
dança com os teus sapatos
está de olho no teu caminhar.
A inveja
— esse vão da alma —
tem sede
e é nesta taça que vão te brindar.

Regue teu jardim
sem exaltar a primavera
tem amigas carregadas de pétalas na cara
mas o peito cheio de espinhos,
sem que percebas
a semente de hera
gruda na tua pele
e furta tuas flores,
espanta tuas borboletas
e como erva daninha
mistura-se ao teus amores
e farta-se da tua colheita.

Não despreze
as pessoas que não sabem ler
e as que não podem ter.
O simples é um luxo
que poucos podem
ostentar e ser.
Pois quando te furtarem a merenda
há de sentir falta delas na escola.
Porque há os camaradas inteligentes
que escondem a faca entre os dentes
que diplomados em calúnia
uivam quando parecem miar
e alfabetizados na cartilha do poder
apagam tuas palavras,
reescrevem tuas ideias
até você não ter mais o que falar.

Não conte teus sonhos
para os colegas com os pés
fincados na realidade.
Aquilo que te ilumina,
esse brilho da rua
que surge quando você sua,
pode levar a escuridão aos covardes
e é um grande pesadelo,
ter um satélite desses na órbita da tua lua.

Sorria primeiro e só diga depois
porque tem companheiro que fica triste
quando o riso não dá para os dois.
E se a felicidade bate à tua porta
o escrúpulo dele pula a janela

e a tristeza, ainda que morta,
com falso abraço ele tempera
e te serve no prato
as sobras da pantera.

Arrote derrota
mesmo diante da vitória
porque tem aliados
que não sabem perder
nem ganhar
e como um fantasma no vestiário
assombram tua glória,
sujam tua medalha
justamente onde
você os ensinou a jogar.

Não creia em nada
além das tuas orações
porque diante dos teus joelhos
tem irmãos que rogam perdão,
pedem conselhos
e bajulam teus milagres,
mas como um Judas
na face de Jesus,
beijam tua face,
enxugam tuas lágrimas,
murcham tua arruda
e deixam mais pesada tua cruz.

Tem amigos que morrem vivos,
são queimados enquanto te queimam,
é a regra do adultério.

Creme-os, mas não os enterre
e não lhes dê as costas
(eles sabem usar facas).
Jogue as cinzas longe do teu paraíso,
saiba esperar, ter critério,
o tempo é o senhor de todas as respostas.
Esses cadáveres só assombram
se teu coração virar cemitério.

Se você acha
que o defeito está sempre nos outros
então é você quem não tem conserto.

Quanto mais se vive
menos se morre.

Os covardes são presas fáceis do destino.

Solidão:
muita gente diante dos olhos
e quase ninguém no coração.

Fé

EM NOME DO PAI,
tem pessoas que passam o dia de joelhos,
mas não estendem a mão para um amigo,
não leem cartas de amor nem poemas
somente o que o demônio escreve.
DO FILHO,
exaltam a humildade,
porém com extrema arrogância
carregam sua cruz,
mas não o libertam.
DO ESPÍRITO,
querem uma vaga no céu
sem jogar água no inferno,
com o martelo na mão
pregam na carne
o aço da palavra.
SANTO,
devia ser toda pessoa

que pratica e acredita naquilo que fala.
E que o diabo carregue
toda religião
que não respeita
a fé alheia.
AMÉM.

Desconfio que a sorte não sabe onde moro.
Azar o dela.

Ser livre
te dá o direito
de ficar preso
a quem você quiser.

Sorrir com o coração
é algo tão raro
que nem a boca sente
quando isso acontece.

O final é quando você desiste.

SÉRGIO VAZ é poeta da periferia e agitador cultural. Mora em Taboão da Serra (Grande São Paulo) e é presença ativa nas comunidades do Brasil. É criador da Cooperifa (Cooperativa Cultural da Periferia) e um dos criadores do Sarau da Cooperifa, evento que transformou um bar da periferia de São Paulo em centro cultural e que reúne muitas pessoas para ouvir e falar poesia. A movimentação ganhou trespeito e reconhecimento da comunidade e, também já há muito tempo, reverberou para fora dela. Sérgio Vaz já recebeu os prêmios Trip Transformadores, Orilaxé, Heróis Invisíveis, Governador do Estado 2011 em três categorias e, em 2009, foi eleito pela revista *Época* uma das 100 pessoas mais influentes do Brasil. Já publicou oito livros, dentre eles *Colecionador de pedras* (2007), *Literatura, pão e poesia* (2011) e *Flores da batalha* (2023), pela Global Editora.

Este livro foi impresso em 2023, pela PlenaPrint,
para a Global Editora.
O papel do miolo é Off Set 75 g/m².